Ovide en camping

Pour maman et papa x — C. W.
Pour Toby « Toto » Ridgway — T.W.

Aussi offert :
Ovide à l'école

Catalogage avant publication de Bibliothèque et Archives Canada

Ovide en camping / Carrie Weston ; illustrations de Tim Warnes ;
texte français d'Hélène Rioux.

Traduction de: Boris goes camping.
Pour les 3-6 ans.
ISBN 978-1-4431-1867-5

1. Ours–Romans, nouvelles, etc. pour la jeunesse.
I. Warnes, Tim II. Rioux, Hélène, 1949- III. Titre.

PZ26.3.W4717Ov 2012   j823'.92   C2011-907292-0

Édition publiée par les Éditions Scholastic, 604, rue King Ouest, Toronto (Ontario) M5V 1E1.

 5 4 3 2 1   Imprimé en Chine CP147   12 13 14 15 16

Carrie Weston • Tim Warnes
Ovide en camping

Texte français d'Hélène Rioux

Éditions SCHOLASTIC

Aujourd'hui, mademoiselle Cocotte
emmène sa classe en camping.
Les élèves sont très excités.

Quand mademoiselle Cocotte
annonce qu'il est temps de se
mettre en route, tous les animaux
poussent de petits cris ravis.

Line la lapine emporte
son filet à papillons.

Touka la taupe serre
son ourson dans ses bras.

Les souris ont
chacune un panier.

René le renardeau
s'occupe de la carte.

Line

Touka

Et Ovide se charge...

d'absolument tout le reste
parce qu'Ovide est un énorme
grizzly poilu et terrifiant...
mais plutôt gentil et serviable.

— Bravo!
dit mademoiselle Cocotte
en voyant Ovide hisser le
très gros sac sur son dos.
Que ferions-nous sans toi?

retailles

Mini bestioles

« Pfff! »

Mademoiselle Cocotte et ses élèves pénètrent dans la forêt.

« Youp là »

Line poursuit les papillons.

René consulte longuement la carte.

Touka essaie de faire tomber son ourson d'une haute branche.

Et les souris ont du mal à transporter leurs paniers.

Ovide finit par les rattraper.

Mademoiselle Cocotte,
découragée, souffle dans son sifflet.
— Ça ne va pas du tout, dit-elle.
Il faut rester ensemble.

« Nous sommes
fatiguées! »

Alors, Ovide a une idée.

Il trouve de la place pour tout ranger dans son sac, même les souris fatiguées.

— Bravo Ovide! s'écrient ses amis.

Ils arrivent bientôt sur un petit pont.

Ovide et Line
lancent des brindilles
dans la rivière.

« Allez, Ovide! »

« Vas-y,
Line! »

Puis, tout le monde
s'élance de l'autre côté
du pont pour voir laquelle
arrivera la première.

Mais Ovide oublie le sac qu'il porte sur son dos.

Oups! l'ourson de Touka tombe à l'eau.

plouf!

Heureusement, les souris parviennent à s'agripper.

Touka se met à gémir et à pleurnicher :
— Oh! Ovide!

Le pauvre Ovide se sent honteux et maladroit.

Armée du filet à papillons de Line, mademoiselle Cocotte se penche prudemment au-dessus du pont. Mais c'est inutile.

L'ourson est emporté par le courant.

Ovide décide alors de faire preuve de courage. Il saute à l'eau.

Plouf!

Le voilà dans l'eau jusqu'à ses genoux poilus.

« Vite, Ovide! »

Il sort l'ourson de l'eau. Il y a maintenant deux ours tout mouillés.

« Mon ourson! »

Touka les serre tous les deux dans ses bras.

— Ovide est le plus gros, le plus brave, **le meilleur des ours!** dit Touka.

« Bravo Ovide! »

— **Bravo Ovide!** approuve mademoiselle Cocotte. Nous allons maintenant installer notre campement avant qu'il y ait d'autres accidents.

Les animaux se rassemblent autour de mademoiselle Cocotte. Elle leur explique comment monter un tipi. Cela semble très facile.

Line et Touka vont chercher de longues perches.

Les souris coupent la corde à la bonne longueur.

« Crunch! »   « Crunch! »

Ovide aide René à étaler la toile.

Puis, ensemble, ils essaient de monter le tipi.

Mais ce n'est pas facile... pas facile du tout!

Une fois le tipi monté, on commence à s'amuser. Mademoiselle Cocotte sort une boîte de craies neuves et tous les élèves dessinent sur la toile.

Camp Cocotte

C'est magnifique! Ovide pose l'ourson de Touka au sommet pour le faire sécher.

Ils vont cueillir des baies pour le souper. Mademoiselle Cocotte leur montre celles qui sont bonnes à manger.

Ovide porte les paniers pleins de baies pendant que ses amis se hâtent de rentrer au camp.

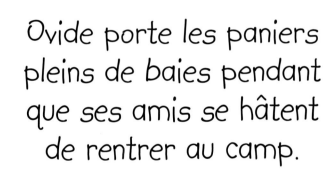

Mais une **mauvaise surprise** les attend!

Leur magnifique tipi n'est vraiment plus très beau. Quelqu'un a dessiné une moustache sur le visage de mademoiselle Cocotte et quelqu'un a arraché toutes les perches.

Quelqu'un va s'attirer de **GROS** ennuis!

Mademoiselle Cocotte est très, très fâchée.
Elle fonce vers la toile affaissée, y glisse
le bout de son aile, tire et...

deux vilains louveteaux
apparaissent en se tortillant.

— Vos parents savent-ils que vous êtes tout seuls dans les bois?
demande mademoiselle Cocotte d'un ton très sévère.

— Ça nous est bien égal, crie l'un des louveteaux.
Notre papa est un **grand méchant loup!**

« Grrrrr »

— Il est bien plus **gros** que vous, renchérit grossièrement
son frère, et il **mange des poules** pour...

Les vilains louveteaux tournent les talons et s'enfuient. Ovide ne comprend pas ce qui se passe.

« Haaaaaaaaaa! »

— Oh! Ovide! Comme tu es courageux! le félicite mademoiselle Cocotte en souriant. Allons remonter notre tipi maintenant.

« Vive Ovide, notre ours poilu et terrifiant! »

Le soir venu, Ovide et ses amis se régalent de baies et de guimauves grillées jusqu'au coucher du soleil.

Puis, mademoiselle Cocotte prend sa guitare et ils chantent sous les étoiles.

« Feu, feu, joli feu! »

Cocotte

« Miam - miam! »

Ovide sent ses paupières s'alourdir. Être courageux, c'est épuisant, même pour un gros ours.
— Je crois que je vais aller me coucher, annonce-t-il en bâillant.

« Dors bien! »

« Bonne nuit, Ovide. »

« Fais de beaux rêves! »

Ovide s'installe confortablement dans le tipi; on entend bientôt ses ronflements.

Un peu plus tard,
René, Line, Touka et
son ourson, les souris
et mademoiselle
Cocotte se glissent
dans le tipi.

Il n'y a pas beaucoup de place, mais ça ne
les dérange pas. Après tout, ils ont tous
une place douillette pour dormir...

même mademoiselle Cocotte!
— Bravo Ovide, chuchote-t-elle
avant de s'endormir.